Des essaims de papillons bleus
Et de craintives sauterelles
Sous ses pas déployaient leurs ailes,
Où le soleil dardait ses feux.

La douce joie et la décence
Éclairaient son visage pur,
Et de ses yeux le chaste azur
Semblait un rayon d'innocence.

A la voir ainsi cheminer,
Vive, légère, insoucieuse,
On eût dit quelque fée heureuse
Du bonheur qu'elle peut donner.

Elle atteignit bientôt la rive
D'un ruisseau qu'un feuillage épais
Couvrait comme d'un vaste dais,
Pour abriter ses flots d'eau vive.

Cette eau gazouillait doucement
En courant sur un lit de pierre,
Reflétant l'ombre et la lumière
Au gré des caprices du vent.

Aux brins d'herbe les demoiselles
Balançaient leurs corsages verts,
Et sur les glaïeuls entr'ouverts
Vivement agitaient leurs ailes.

Tout était silence et fraîcheur
Dans cette oasis solitaire,
Où l'on ne voyait de la terre
Que l'art divin de son auteur.

Mais notre belle adolescente
N'était pas d'humeur à rêver ;
Son chaste cœur pouvait braver
Tout ce qu'ignore une innocente.

Elle s'assit sur le gazon,
Arrachant d'une main mutine
Les frais boutons d'une églantine
Sortant des touffes d'un buisson.

Lorsqu'en soulevant une branche
Tombant de l'arbuste épineux,
De la fleur chère aux amoureux,
Elle vit la couronne blanche,

Elle y courut et la cueillit ;
Et puis, de ses petits doigts pâles
Effeuillant ses légers pétales,
D'une voix douce elle lui dit : -

« De mon destin fidèle oracle,
M'aimera-t-il un peu, beaucoup,
Passionnément ou pas du tout ?
Pour moi, peux-tu faire un miracle ? »

Et de plus en plus lentement
Elle dépouillait la corolle
Qui, pour sa dernière parole,
Lui répondit : « Passionnément. »

Aussitôt un léger nuage
Sur son front virginal passa,
Et vivement elle pressa
La fleurette dans son corsage.

ur l'autre rive du ruisseau
Se promenait un jouvenceau
Tout absorbé par sa lecture.
Que lisait-il ? De la nature
Son livre était-il le reflet ?
Non. La senteur du serpolet
N'avait point parfumé ses pages :
C'était une œuvre où des sept sages,
Par la science tourmentés,
Les beaux systèmes commentés,

Sous prétexte de concordance,
Se combattaient à toute outrance.
Trop expliquer n'est pas humain ;
L'ombre est toujours sur le chemin
Où nous poursuivons la lumière ;
Et quand notre ardeur téméraire
Nous pousse à franchir l'horizon
Que Dieu nous donne pour prison,
Sous le vain fardeau de l'étude
Nous succombons de lassitude,
Et revenons, ne sachant rien,
A faire simplement le bien.
Mais la confiante jeunesse
N'accepte pas notre faiblesse ;
Son cœur est plein d'un long espoir,
Son rêve fixe est de pouvoir
Tout explorer et tout connaître,
Et l'obstacle en elle fait naître
La révolte qui nous apprend
A tenter un effort plus grand.
Notre écolier, jeune et sincère,
Avait livré son âme entière

A ce noble attrait du savoir.
Il lui semblait que le devoir
De toute libre intelligence
Est d'épuiser chaque science
Et de forcer l'humanité
A recevoir la vérité.
Pour lui les studieuses veilles
Avaient des voluptés pareilles
A celles des plus doux plaisirs,
Et quand l'orage des désirs
Grondait en feu dans sa poitrine,
Du saint travail l'aide divine
Rendait à son sein agité
Le calme et la sérénité.
Sous ce discret et frais ombrage,
Son esprit était, sans partage,
Captivé par le mâle attrait
Qui nous entraîne vers l'abstrait,
Vers ce monde où la raison pure,
Libre d'entrave et de souillure,
Sans effort s'approche des cieux,
Et, planant d'un vol glorieux,

En nous enlevant de la terre,
Nous fait oublier sa misère.
Notre écolier, de ces hauteurs,
N'entendait plus que ses docteurs
Et leurs raisonnements sublimes.
Mais que faut-il pour que des cimes
Des plus célestes vérités
Nous soyons brusquement jetés
Loin des régions éternelles,
Au courant des choses réelles ?
Un souffle, un soupir, une fleur,
Quelquefois rien qu'un saut du cœur.
Au moment où, tournant sa page,
Devant lui notre jeune sage
Levait son modeste regard,
Le zéphyr, comme par hasard,
Lui montra la tête petite
D'une sauvage marguerite.
Pourquoi la cueillit-il ? Comment
Se troubla-t-il en l'effeuillant ?
Nul ne l'a su, tout est mystère.
Mais, en voyant le solitaire

S'éloigner pensif et rêveur,
On devinait que l'humble fleur
Venait de réveiller sa vie
Au nez de la philosophie.

Au temps où les Muses chantaient
Sur les monts divins qu'habitaient
Les souverains de l'Empyrée,
Chaque air de leur voix inspirée
Faisait tressaillir l'univers.
On voyait les cieux entr'ouverts,
Et de leurs splendeurs infinies,
En ineffables harmonies
Descendait un hymne sans fin
Que répétait le genre humain.

Les cités, au son de la lyre,
Dressaient leurs temples de porphyre
Que Thétis baignait de ses eaux ;
Et les plus fiers des animaux,
Vaincus par l'extase muette,
Se couchaient aux pieds du poëte
Qui les enivrait de ses chants.
Tout était Dieu : les bois, les champs,
Le zéphyr frissonnant sur l'onde,
L'éclat du jour, la nuit profonde,
Et le dôme étoilé des cieux,
Et le désert silencieux ;
Chaque force de la nature,
Chaque élément de la structure
Qu'anima le souffle éternel,
Devenait un être immortel,
Résumant dans sa pure essence
Sa part de la toute-puissance.
Mais l'un d'eux tous les dominait,
Non par la taille : on le prenait
Pour un enfant doux et candide ;
Son fin minois, sa bouche humide,

Et son sourire un peu moqueur,
Et sa capricieuse humeur,
N'inspiraient pas de défiance.
On allait à lui sans défense,
Et soudain l'on se sentait pris.
J'ai nommé le fils de Cypris :
Chacun a pu le reconnaître.
Il régnait en souverain maître,
Était partout, dictait ses lois
Aux grands esprits, aux sots, aux rois;
Dardant ses flèches invisibles
Contre les cœurs les moins sensibles,
Et se faisant un jeu malin
De rendre fou le genre humain.

OUTES ces fictions charmantes
Ont disparu dans les tourmentes
Des âges fiers de leur raison.

Ils ont reculé l'horizon

Que notre œil satisfait embrasse.

Nous pénétrons sous la surface,

Nous voulons tout analyser.

La science nous fait briser

Les dieux, l'Olympe et ses merveilles;

Elle accoutume nos oreilles

A de moins gracieux accents.
Mais elle nous laisse impuissants
En face du maître invincible
Qui pose son joug inflexible
Sur les fronts les plus glorieux,
Et comme au temps de nos aïeux
Souvent nous pouvons le maudire,
Mais il nous tient sous son empire.

L’AMOUR est partout; mais les bois
Sont les lieux chers à ses exploits.
Il s’y blottit sous le feuillage,
Guettant comme un traître, au passage,
Les cœurs ne pensant pas à mal,
Pour les percer d’un trait fatal.
Il était donc vers la clairière,
Agenouillé dans la bruyère,
Lorsque nos jeunes ignorants
Venaient, naïfs et confiants,

L'une jouer et l'autre lire.
Le fripon vit deux points de mire
Pour exercer son art cruel.
Il s'empara d'un dard mortel,
De son arc ajusta la corde
Et visa sans miséricorde
Le pauvre cœur de l'écolier.
Mais un caprice singulier
Soudain subjugua sa pensée,
Et de sa flèche délaissée
Il piqua deux petites fleurs,
Mit son venin sur leurs couleurs,
Et s'envola sans tirer gloire
De sa trop facile victoire.

E qu'il advint, vous le savez;
Et si comme moi vous suivez
La trace du tyran volage,
Il vous conduit de cet ombrage
Où sa ruse eut un plein succès,
Vers un toit de commode accès,
Orné de pampre et de verdure.
Autour, une fraîche culture

D'œillet, de rose et de jasmin ;
Et sur le revers du chemin,
Un bouquet de chênes antiques,
Figurant de vastes portiques,
Où l'œil se plonge sans trouver
L'inconnu qui nous fait rêver.
Sur le seuil, en pleine lumière,
Se détache une jeune mère
Souriant à son nourrisson
Et lui fredonnant la chanson
Par laquelle elle fut bercée.
Sur une page commencée,
Abaissant un regard distrait,
Son jeune époux cède à l'attrait
Du riant tableau qui l'enivre.
Bientôt, abandonnant son livre,
Il vient embrasser tour à tour
Les deux trésors de son amour.
Quant à l'archer de la clairière,
Captif sous un berceau de lierre,
Il est pour toujours enchaîné.
Son maître, c'est le nouveau-né.

Il est l'hôte de la demeure,

Et c'est lui qui donne à chaque heure

La douce paix, les plaisirs sûrs,

Secret des cœurs aimants et purs.

Vichy, septembre 1863.
Pau, juin 1864.

www.ingramcontent.com/pod-product-compliance
Ingram Content Group UK Ltd.
Pitfield, Milton Keynes, MK11 3LW, UK
UKHW020920140726
13695UKWH00006B/2613